# राब्ता ए इश्क़

AF747338

# राब्ता ए इश्क़

संदीप गुप्ता

सन्मति पब्लिशर्स एण्ड डिस्ट्रीब्यूटर्स

ISBN: 978-93-883651-3-0

© संदीप गुप्ता

**प्रकाशक**

सन्मति पब्लिशर्स एण्ड डिस्ट्रीब्यूटर्स

बी–347, संजय विहार,

मेरठ रोड, हापुड़–245101 (उ0प्र0)

website : www.sanmatiindia.com

email: sanmati555@gmail.com

मो. 8439645104, 09997184964

प्रथम संस्करण : फरवरी 2019

द्वितीय संस्करण : मार्च 2019

आवरण

RETROTEK

# अपनी बात

मुझे लिखने का शौक बचपन से रहा है, लेकिन उस समय सिर्फ स्कूल की होमवर्क कॉपी में इधर–उधर लिखता था, कभी यह नहीं सोचा था किताब भी छपेगी। मई 2016 में कोई आया मेरी जिन्दगी में, जो जिन्दगी के बहुत करीब हो गया। पहली बार जिन्दगी में किसी से इश्क़ हुआ। घंटों उससे बात करना, मैसेज भेजना, हमेशा साथ निभाने की कसमें वादे, मैसेज में उसे शायरी और कविता भेजना। यहीं से लिखने का सिलसिला शुरू हुआ। लेकिन दिसंबर 2016 में उसकी शादी कहीं और हो गई और हमारा इश्क़ वहीं थम गया। यह जीवन में सबसे बिखरने वाला समय था।

अपने इश्क़ से जुदा होकर बस लिखा क्योंकि इसके लिए मैं तैयार नहीं था। लेकिन मेरे लिखने की वजह वही है और आज **'राब्ता ए इश्क़'** उससे इश्क़ की मीठी खट्टी याद हैं। इश्क़ आज भी है उससे और उम्र भर अंतिम साँस तक रहेगा।

**'राब्ता ए इश्क़'** मेरे परिवार के आशीर्वाद के बिना कभी पूरी नहीं हो सकती थी। मेरा परिवार मेरा आधार है और खासकर मेरे पापा जिन्होंने हमेशा मुझे किसी बात और काम के लिए नहीं रोका। मेरी सबसे बड़ी हिम्मत वो हैं और मेरी दुनिया हैं।

कुछ और लोगों ने मुझे बहुत प्रोत्साहन दिया जिसमें अनुपमा झा दीदी, पवन जैन सर, भास्कर झा जी, मेरी गुरुमाँ अंजुला मैम, इंद्राणी भाभी, अर्चना भाभी, मेरा आगमन परिवार, मेरा योरकोट परिवार और बहुत से अन्य महत्त्वपूर्ण लोग जिनके कारण **'राब्ता ए इश्क़'** हकीकत हो पाई।

मैं हमेशा लिखना चाहता हूँ और चाहता हूँ मेरी कविता को पढ़कर चेहरे पर मुस्कान हो, वही मेरा इनाम है।

**'राब्ता ए इश्क़'** मेरा इश्क़ है और मैंने सरल शब्दों में इश्क़ किया और लिखा है। जीवन में इश्क़ बहुत अनमोल है।

आशा करता हूँ **'राब्ता ए इश्क़'** सबको पंसद आएगी और आप सबका प्यार ही मुझे और अच्छा लिखने को प्रेरित करेगा। **'राब्ता ए इश्क़** साँसों में बसा इश्क़ का सफर है जो अंतिम साँस तक रहेगा। **Sanmati Publication** और निशांत भाई का भी आभार है जिन्होंने अपने मार्गदर्शन में **'राब्ता ए इश्क़'** के सपने को साकार किया।

आप सब के प्यार और प्रतिक्रियाओं के इंतजार में.....

सधन्यवाद

**– संदीप गुप्ता**

# प्रेम का रूहानी अहसास

सब कुछ होने पर भी एक अधूरेपन का अहसास, रूटीन जिन्दगी के तनाव के पलों में उभरती सोच, काश तुम मेरे पास होती.... प्रोमोशन पर मिली ढेर सारी बधाईयाँ... पार्टी का माहौल... इन खुशी के पलों में भी मन में एक टीस... इस खुशी को तुम्हारे साथ बाँट पाता...

कितने दिन... महीने... बरस गुजर गए... पर इन बीते दिनों में एक पल भी याद नहीं जब तुम्हारे न होने के अहसास को न जिया हो मैंने.... पता है तुम बहुत दूर जा चुकी हो... न जाने क्यों हर पल, हर क्षण मेरे ख्यालों में तुम हमेशा मेरे सामने रहती हो...

जितना मैंने संदीप को जाना है, **'राब्ता–ए–इश्क़'** की परिकल्पना और फिर इसका काव्य संग्रह का रूप ले लेना एक सपने के साकार होने जैसा है। संदीप ने जिस निर्दोष, निश्छल बिंदास लहजे में अपनी प्रेम अनुभूतियों को शब्दों की शक्ल दी है उससे ये साबित होता है कि प्रेम अभी भी एक खूबसूरत अनुभव के रूप में जिंदा है। हाँ... इस अनुभव के भीतर अनगिनत अनुभव हैं; रति, आत्मरति, नफरत, विरह आदि। समय के साथ–साथ प्रेम के बारे में सोच बदली है। प्रेम को एक दैहिक आकर्षण या एक शारीरिक अनुभूति के रूप में देखा जाने लगा है जबकि प्रेम एक आत्मिक अनुभूति है। सही अर्थो में प्रेम वही है जहाँ एक का दर्द दूसरे को सोने नहीं देता। जिसे हम प्रेम करते हैं उसकी सफलता की कामना करना और हर वक्त उसकी खुशी के लिए मन्नत माँगना, यही सही मायनों में प्रेमानुभूति है।

काव्य की शैली एवं व्याकरण के हिसाब से संदीप की

रचनाओं को यूँ तो किसी विधा में नहीं बाँधा जा सकता लेकिन संदीप ने अपनी रचनाओ के माध्यम से प्रेम को परिभाषित करने का सार्थक प्रयास किया है। उन्होंने ये कहने का सफल प्रयास किया है कि विशुद्ध प्रेम की परिभाषा कुछ पाने में नहीं बल्कि देने में परिलक्षित होती है। अपनी प्रेयसी के लिए कुछ कर पाने पर उसके लबों की मुस्कान से खुद–ब–खुद आँखों में खुशी के आंसू छलक पड़ते हैं। सही मायनो में प्रेम की सम्पूर्णता एक दूसरे को पाने में नहीं बल्कि प्रेम की अपूर्णता ही प्रेम को सम्पूर्ण और शाश्वत बनती है।

संदीप ने अपनी छोटी छोटी रचनाओं के माध्यम से प्रेम को जीने की एक कामयाब कोशिश की है। उनका **'राब्ता–ए–इश्क'** पाठको के लिए वसंत ऋतु का प्रेम उपहार है और इसके लिए संदीप के उस प्यार को भी नमन जिसके अहसास ने संदीप को ऐसी प्रेम क्षणिकायें लिखने को प्रेरित किया।

एक बार फिर संदीप को बहुत बहुत बधाई और वे यूँ ही अपनी रचनाओं के माध्यम से प्रेम को जीवंतता प्रदान करते रहें ...उन्हें स्नेहिल शुभकामनाये

**– पवन जैन**

**सम्पादक 'आगमन' पत्रिका**

# मेरे विचार

**वियोगी होगा पहला कवि,**
**आह से उपज होगा गान ।**

ये पंक्तियाँ मुझे आज जितनी याद आ रही हैं, इससे पहले कभी नहीं आयीं। संदीप की प्रेम क्षणिकाएँ पढ़कर कोई भी कह सकता है कि ये दिमाग से लिखी गयी कविताएँ नहीं बल्कि दिल से उपजे इश्क़ के मोती हैं। कवि जब सोशल मीडिया पर इस किताब की चर्चा बिना नागा रोज करता था तो कुछ दूसरे लोगों के साथ–साथ मुझे भी कई बार लगा था कि ये बन्दा बहक गया है। लेकिन जब उनकी 'राब्ता ए इश्क' यानी असफल प्रेम की कहानी को जाना तो समझ गया कि बन्दा प्यार में पागल हुआ है।

सच तो यही है कि आज की दुनिया में सच्चा और निःस्वार्थ प्यार करने वालों को पागल ही माना जाता है। लेकिन एक सच यह भी है कि प्यार सिर्फ पागल ही कर सकते हैं क्योंकि प्यार दिल से किया जाता है और हर कोई जनता है कि दिल तो पागल होता है। समझदार लोग तो सौदे करते हैं क्योंकि दिमाग की आदत सोचने समझने और हिसाब किताब करने की होती है।

प्रस्तुत पुस्तक में संकलित कविताएँ भी पूरी तरह दीवानगी में डूब कर लिखी गयी हैं जिनमें प्यार की चाशनी और माधुर्य भरपूर है। भले ही विद्वानों के कायदे कानूनों की परवाह न की गयी हो पर प्यार का इजहार पूरी मासूमियत के साथ किया गया है। कहना होगा कि यह एक अलग किस्म का काव्य संग्रह है जिसमें कवि ने अपने बिछुड़े हुए प्यार को

बेइन्तहा इज्जत बख्शी है और एक अहम् स्थान दिया है। कुछ उदाहरण देने जरुरी हैं तभी आप कवि की तड़प का अंदाजा लगा सकेंगे–

बनाकर हमें आंसू आँखों में बसा लो
कम से कम आँखों में रहेंगे।

कवि ने अपने प्रेम को मनाने की भी कोशिश की है–

शिकायत ही शिकायत है जिंदगी से
थोड़ी सी चाहत करके देख ले
रोते तो आए थे दुनिया में
अब थोड़ा मुस्कुराकर देख ले।

अपने प्यार की किस कदर कद्र की है जरा इन पंक्तियों में देखें–

तुम्हारी जरूरत मुझे हर पल है
तुम्हारी आरजू हर सांस में है
पर मुझे पता है कि
तुम मुझसे दूर बहुत हो।

तेरा मेरा मेल नहीं
फिर भी तुझसे इश्क प्रिये
बेशक अलग अलग हम दोनों
पर दिल से हैं हम जुड़े प्रिये।

प्यार दूर होकर भी पास हो सकता है, इसे कवि ने इन शब्दों में कहा है–

यही तो प्यार की हद है
दूर होकर भी पास बेहद है।

कभी दिल तड़पता है
कभी आँखें छलकती हैं
प्यार का एहसास तभी होता है
जब तन्हाईयाँ छलकती हैं।

शिल्प और तकनीक के पक्ष से आप भले ही कुछ कमियां खोज लें लेकिन कविताओं का भाव पक्ष बेहद मजबूत है और जो ताजगी व निश्छलता इनकी कविताओं में छलकती है वही इस पुस्तक की ताकत है।

युवाओं को 'राब्ता ए इश्क' खूब पसन्द आएगी और उन्हें प्यार की एक नई परिभाषा भी इस पुस्तक में मिलेगी। उन्हें सीखने भी मिलेगा कि कई बार हम जिसे चाहते हैं उसे पा नहीं सकते लेकिन इसके बावजूद हमें उसकी इज्जत करनी चाहिए। एक बार दिल में उतरा प्यार कभी मिट नहीं सकता। प्यार उस खुशबू जैसा होता है जो रूह में समा जाता है।

– **शिखर चंद जैन**

# मेरे विचार

संदीप जी का 'राब्ता ए इश्क' वाकई खट्टी–मीठी यादों का एक खूबसूरत कारवां है जिसमें इजहारे इश्क से लेकर उससे दूरी की चुभन भी परिलक्षित हुई है और जैसा कि पवन सर ने यह कहकर प्रेम को परिभाषित किया है कि–
'प्रेम कोई दैहिक आकर्षण या शारीरिक अनुभूति नहीं यह तो एक आत्मिक अनुभूति होती है और विशुद्ध प्रेम की परिभाषा कुछ पाने में नहीं बल्कि देने में ही परिलक्षित होती है। सही मायनों में प्रेम की संपूर्णता एक दूसरे को पाने में नहीं बल्कि प्रेम की अपूर्णता ही प्रेम को संपूर्ण और शाश्वत बनाती है।'

वाकई प्रेम को लेकर ऐसे खूबसूरत विचार काबिले तारीफ है।

हाँ शुरू में मैं, 'राब्ता ए इश्क' से थोड़ा जुड़ नहीं पायी पर धीरे–धीरे मन के परोसे गए भावों को महसूसती गयी और फिर इसको पढ़ने के दरम्यान इसमें लिखे भावों ने मेरे मन को छुआ और मुझे बहुत अच्छा महसूस हुआ। जिसका जिक्र मैं यहाँ अवश्य करना चाहूंगी। जैसे कि–

प्यार के बदले प्यार मिले जरूरी तो नहीं,
मैं चाहता हूँ तुम्हें, तुम भी चाहो जरूरी तो नहीं।
मुझे तो प्यार रहेगा तुमसे मेरी आखिरी सांस तक,
चाहे ये प्यार मेरा तेरे लिए एकतरफा ही सही।

और–

महकता हर एक पल तेरा जो संग होता,
सांसों का सांसों के मिलन पर,
खुशियों का अभिनंदन होता।

ऐसी कितनी जगह के भावों ने मन को झकझोर कर

रख दिया।

मैं चाहूँगी कि आप सब भी 'राब्ता ए इश्क' को पढ़ें और इसका आनंद लें।

संदीप जी को हमारी ढेरों शुभकामनाएं

**–सोमा आनन्द गुप्ता**

# मेरे विचार

'राब्ता ए इश्क' कोलकाता निवासी युवा रचनाकार मित्र संदीप गुप्ता का ये काव्य संग्रह कल ही डाक से मिला।

प्रेम न सिर्फ पाना बल्कि खोना है
प्रेम समर्पण है, पूजा है, बलिदान है।

'राब्ता ए इश्क' भी ऐसी ही पुस्तक है जिसमें रचनाकार ने प्रेम में खोकर भी प्रेम पा लिया है, पल–पल जिया है प्रेम को।

एक सच्चे समर्पण के बाद जो सुख की अनुभूति होती है..प्रेम में सबकुछ हारकर भी जो जीत का अनुभव होता है...बस वही है.... 'राब्ता ए इश्क'

हार्दिक बधाई संदीप

**–सविता वर्मा 'ग़ज़ल'**

# मेरे विचार

महादेवी वर्मा जी ने लिखा था

'मिलन अंत है, मधुर प्रेम का,
और विरह जीवन है।

सच में देखा जाय तो 'राब्ता ए इश्क' इसी विरह रूपी जीवन में प्रेम पीर से छटपटा कर प्रवाहित हुई एक काव्य सरिता है।

कवि श्री संदीप गुप्ता जी अपनी भावनाओं को हम सब तक पहुँचाने में पूरी तरह सफल हुए हैं। उनकी तड़प, उनकी कामना उनके आँखों का वह स्वप्न, सब हमारे इर्दगिर्द मंडराता सा प्रतीत होता है। इस काव्य संकलन के लिए मैं संदीप भैया को हार्दिक बधाई देती हूँ।

मेरे शब्दों में –

दिल को अपने खोलकर,
सबके दरमियां रख दिया।
अपनी मोहब्बत को मैंने,
चंद शब्दों में बयाँ कर दिया।
हमने तो पाना चाहा था,
साथ तेरा मेरे साथी।
पर राब्ता ए इश्क में,
गमों का कारवां लिख दिया।

आपकी बहिन

**पूनम त्रिपाठी**

# मेरे विचार

प्यार से शुरू होकर प्यार पर ही खत्म 'राब्ता ए इश्क', आदरणीय दोस्त संदीप गुप्ता जी द्वारा दिये गये उपहार के रूप में मेरे लिए अमूल्य निधि है।

संदीप गुप्ता जी की किताब 'राब्ता ए इश्क' पर मैं कुछ भी लिखूँ तो सूरज को दीप दिखाना होगा पर कुछ नहीं कहूँ तो मन विचलित रहेगा।

जैसा नाम वैसी ही रचना का निर्माण किया गया है। पुस्तक का कवर भी खुद ही इश्क की कहानी कह रहा है।

मेरा किसी भी किताब के लिए तारीफ करना उस किताब की पब्लिसिटी करना कतई नहीं है, बस उसके प्रति मन के भाव व्यक्त करना है।

इश्क के हर रंग को किस तरह रंगना है ये आपको बखूबी आता है। आपके प्यार, स्नेह व अपनेपन के रंग में मैं भी रंग चुकी हूं और कर बैठी आपकी किताब की बातें। पर सच कहूँ तो दिल के बड़ी करीब है ये 'राब्ता ए इश्क'। जल्द ही दूसरी किताब की तैयारी कीजिये फिर आपकी किताब मेरे हाथों में। इंतजार में मैं.....

**—सोभा गोयल**

## (1)

अजनबी बनकर रहना कितना आसान है,
किसी को अपना बनाकर खोने का डर होता है,
अजनबी तो उम्र भर अजनबी रहता है,
वो दिल के दर्द से बेखबर होता है.....

उसे बस जानने की चाह होती है,
उसे अपना बनाने का मन कब होता है,
मुस्करा लेते हैं उसके साथ यूँही
पर रोने को मन कब होता है.....

अजनबी आता और चला जाता है,
अपनों की तरह कहाँ रुक पाता है,
बंधनों से मुक्त वो अजनबी,
जिंदगी में कहाँ जुड़ पाता है.....

ना कोई दुःख है, न कोई दर्द है,
न कोई चाह है, न कोई परवाह है
है अजनबी यहाँ एक दूसरे से सभी,
और उम्र भर अपना होकर भी,
कोई बस अजनबी रह जाता है.....

(2)

बड़ी देर लगा दी आने में,
पर चलो कोई बात नहीं,
देर आये पर दुरुस्त आये,
थोड़ी सी भले देर सही.....

समझने खुद को वक्त मिला नहीं,
फिर भी कोई गिला नहीं,
सारे गिले शिकवे बहे अश्कों में,
अब समझने को और कुछ रहा नहीं.....

रिश्ते हमेशा बंधे नहीं होते,
कभी कभी दिल भी जुड़ा होता है,
बिना कुछ रिश्ते के भी,
गहरा बहुत रिश्ता होता है...

बताओ क्या करें हम,
जो तुम मुस्कराओ हर पल,
चाहे साथ हमारे हो,
चाहे अकेले होकर हर पल.....

## (3)

बहुत तरसते थे तुझसे दूर होकर,
बहुत रोते थे तेरी यादों में खोकर,
बस तुझसे रिश्ता यही है मेरा,
इसे मोहब्बत कह लो, या और कुछ.....

जो बातें तुझसे हुई वो याद थी नहीं,
पर तेरी खामोशी जिसमें शब्द नहीं थे,
वो खामोशी हमें तुम्हारा बनाती थी,
और वो अनकहे शब्द बहुत मजबूर कर जाते थे.....

तेरा साथ न होना खुद के वजूद पर सवाल था,
दिल मेरा भी बहुत बेहाल था,
तुझे पता भी था कि नहीं,
तुझसे जो था और किसी से भी न था.....

किससे बताता, कौन समझता, बस इतना था,
जितनी कोशिश थी तुझे भूल जाने की,
खुद को क्या भूल पायेगा,
दिल मेरा तेरा जो कहता था.....

मोहब्बत मेरी तुझसे कोई नुमाईश नहीं थी,
तेरा मिलना किस्मत की आजमाइश नहीं है,
सच यह है कि तेरा साथ,
तुझसे मोहब्बत बस दिल के अहसास हैं.....

समझा पाऊँ अगर तुझे,
तो समझ पाओगे तुमसे रिश्ता मेरा,
जिसने हर पल तेरी खुशी में,
रहता है, चाहता है, और इंतजार बस तेरा...

## (4)

बनाकर हमें आंसू आँखों में बसा लो,
कम से कम आँखों में रहेंगे,
जो बहा रोज तो भी कोई गम नहीं,
अकेले तुम जो रहो तो साथ तो होंगे.....

बना लो हमें अपने अनकहे शब्द,
अन्दर ही अन्दर गूंजते रहेंगे,
जो कह न पाओगे को किसी को दिल की अपनी,
अनकही बातों को हम सुनते रहेंगे.....

बना लो हमें अपने आँखों की नींद,
सपनें बन तुम्हें जीते रहेंगे,
जो यादों में किसी के जागते रहे,
तो उनसे मिलने के ख्वाब बुनते रहेंगे.....

बना लो हमें अपने दिल की धड़कन,
अहसास जिंदगी का दिलाते रहेंगे,
बंद भी अगर हो जाए जो धड़कन,
तेरे साथ ही हम भी खत्म होंगे.....

बना लो हमें अपनी तुम आत्मा,
मर भी जाए तो अमर रहेंगे,
और बस चलेंगे तेरे साथ ही,
तेरा अक्स बन भटकते रहेंगे.....

## (5)

है रिश्ता तुझसे अनोखा मेरा,
तुझे पता है और बस मुझे पता,
जहाँ जज्बातों के साथ,
हृदय की धड़कन से है जुड़ा अपना रिश्ता.....

यह रिश्ता तेरा मेरा,
जिस में बस प्यार ही प्यार है,
एक दूसरे के लिए दिल में सम्मान है,
और एक दूसरे की खुशियों की चाह है.....

न कोई बंधन न कोई कसम,
फिर भी उम्र भर का रिश्ता बनाया है,
यादों में एक दूसरे की,
जिंदगी जीने का ख्वाब सजाया है.....

यह रिश्ता तेरा मेरा,
जिस दिन सबको पता चलेगा,
हर कोई बस मिसाल देगा अपनी,
और सारी दुनिया को प्यार की हद है पता चलेगा.....

बस तुझसे एक बात है,
मेरी गलतियाँ भूलाते रहना,
मुझे समझना, मेरी परिस्थितियों को जानना, और
मुझे बस अपना बनाये रखना.....

तू मेरी सांस है,
तुझसे जुड़ी जीने की चाह है,
तेरा साथ ही सबसे बड़ी हिम्मत मेरी,
तू बस जीने का उत्साह है।

## (6)

हर रिश्ता जरूरत का,
पर तुझसे रिश्ता ख्वाहिशों भरा,
जिन ख्वाहिशों में खुद को,
मैं हूँ जुड़ा हुआ.....

उदास अगर होता मैं,
तुझे सोच कर खुश हो जाता हूँ,
तेरी दोस्ती में अकेला,
कभी न रह पाता हूँ.....

इतने कॉल्स, इतने मैसेज,
गुस्सा कभी कभी आता है,
फिर सोचता हूँ कोई तो है,
जो हमारे बिना न रह पाता है.....

तुझ में अच्छा भी है,
तुझ में बुरा भी है,
पर मेरा दिल तो सिर्फ,
तेरी दोस्ती देख पाता है.....

क्या ऐसा मुझ में,
क्यूँ इतना बंधा मुझसे है,
बस समझ आया फिर,
दोनों का दिल एक जैसा सोचता है.....

यार तेरा शुक्रगुजार हूँ मैं,
तू बस समझ पाया मुझे,
मेरी हिम्मत बनकर तू,
हर कदम पर नजर आया मुझे.....

कितने झगड़े, कितने रूठे,
फिर भी तुझे गले मिल सब बह पाया है,
तेरी दोस्ती में सच कहता हूँ मेरे यार,
यह दिल हर पल धड़क पाया है।

## (7)

हर साँस में तू,
हर एहसास में तू,
तू ख्वाब है, तू ख्वाहिश है,
हर जज्बात में तू.....

दिल में रहते मेरे,
दिल की यादों में तू,
साथ हो, या नहीं,
मेरी हर बातों में तू.....

जिंदगी कैसी भी हो,
हर चाह में तू,
मेरी बाँहों में तू,
मेरी राहों में तू.....

तुमसे रिश्ता इस जन्म का नहीं,
हर जन्म में तू,
मेरी पूजा भी तू,
और मेरी दुआ भी तू.....

तेरे बिना सब मुश्किल था,
मेरे इरादा भी तू,
जिंदगी का वादा भी तू,
और जिंदगी की हकीकत भी तू।

## (8)

कोई इतना सच्चा क्यूँ है,
कोई इतना अच्छा क्यूँ है,
जिसे बस किताबों में पढ़ते थे,
उससे भी ज्यादा प्यारा क्यूँ है.....

दूर भी होकर, पास भी है,
रिश्ता इतना गहरा क्यूँ है,
बिना कहे जो समझता सब,
इतना करीब क्यूँ है.....

न झगड़ता, न लड़ता,
ऐसा वो क्यूँ है,
दोस्त है सिर्फ या और कुछ,
यह एहसास क्यूँ है.....

सपना जैसा यह,
हकीकत में क्यूँ है,
और इतना सच्चा होकर भी,
इतना तन्हा क्यूँ है.....

रोता भी है वो,
पर मुस्कुराहटों में खोया क्यूँ है,
हर किसी को अपना बनाने में,
इतना बेकरार क्यूँ है.....

जितना सोचूँ उतना यकीन नहीं,
इतनी उलझन क्यूँ है,
वो जब साथ मेरे हर पल,
राहें मिलना मुश्किल क्यूँ है?

## (9)

कोई तो मिले जो अपना कह सके मुझे,
कोई तो मिले जो अपना दिल साथ मेरे खोल सके,
रिश्ता जज्बातों और अरमानों का हो,
ऐसा कोई मिले जो साथ सपने देख सके.....

तन्हा मैं हूँ, तन्हा वो हो,
साथ होकर तन्हाई दूर कर सके,
और अपनी यारी ऐसी हो,
दिल के तार ख्वाहिशों से जुड़ सके.....

जिन्दगी में कमियों को साथ दूर कर सके,
जिंदगी की खूबियों को साथ जी सके,
साथ ऐसा हो, यारी ऐसी हो,
एक दूसरे को बस समझ सके.....

कोई तो ऐसा मिले जो साथ हँस सके,
रोने का मन हो तो एक दूसरे के कंधो पर सर रख सके,
कोई ऐसा मिले जो खुद के जैसा हो,
कोई ऐसा मिले जिसके साथ जिंदगी जी सके.....

कोई तो ऐसा हो, जो हमें समझ सके,
बिना कुछ कहे सब समझ सके,
अकेले होने न दे कभी,
अपने साथ में यादें ढ़ेर सारी दे सके....

बातें हो, बदमाशी हो, आँसू हो, हँसी हो,
साथ जिसके दिल की हर बात हो सके,
कोई तो मिले जो दर्पण हो जिंदगी का,
कोई तो हो जो जिंदगी की परछाई बन साथ चल सके।

## (10)

क्या सारी कसमें झूठी थी,
क्या सारे साक्षी गलत थे,
सम्बन्ध तुमने क्या बस एक पल में
तोड़ने के लिए जोड़ा था.....

मैंने तो तुझसे कुछ चाहा नहीं,
बस साथ तेरे होकर रिश्ता निभा रही थी,
सारे सपनों को चाबी में बंदकर,
तेरे साथ बिना सवाल चली जा रही थी.....

तेरी परवाह थी, तेरा ख्याल था,
मन में बस तेरे लिए दुआ थी,
गलतियां होते हुए भी, सारी गलतियाँ भुलाई थी,
रिश्ता बस ऐसे निभाना मैं जानती थी.....

तूने समझा नहीं मुझे,
तुझे बस मैं ही गलत लगती थी,
तुम हर जगह सही थे,
मैं ही हर जगह सुनती थी.....

अग्नि से मैंने जलना सीखा,
पर अग्नि से खुद को बचाकर,
मैं अगर जलती,
तो बस तेरे साथ होकर.....

तुझे न कोई ख्याल आया,
कैसे मिटाया तूने मुझे,
लेकिन तुझे पता नहीं था,
हारना कभी आता नहीं मुझे.....

तुम खुश रहो अपनी जिंदगी में,
मैं खुश अपनी जिंदगी में,
बस एक बात कह सकती हूँ,
तरसोगे हर पल जिंदगी में.....

तुझसे रिश्ता बस अब नाम का,
तुझसे रिश्ता एहसास का नहीं,
तुझसे बस सब टूटा है,
दिल भी, उम्मीद भी, सपने भी।

## (11)

मैं और तू,
अलग बहुत,
फिर भी जुड़े एक दूसरे से,
कभी न अलग होने को,
कुछ तुम कहो, कुछ मैं बोलूँ,
दिल की सुनने सुनाने को.....

तू और मैं साथ हैं,
दूर होकर भी,
दिल में एक दूसरे के,
रहते हैं बिना कोई ख्वाहिश,
बस मुस्कराहट देते हुए एक दूसरे को.....

मैं और तुम, सोचते एक दूसरे को,
कि खुश रहे हम जिंदगी में,
साथ भी और याद करके भी,
न कोई चाहत, न कोई शिकायत,
बस एहसास लिए एक दुसरे की खुशी के.....

मैं और तू,
थोड़े खोये खोये,
अपनी समस्याओं में,
फिर यकीन कि होंगे दुआओं में,
हमेशा अच्छा सोचते,
दिल धड़कते मिलने को, लेकिन खुश हैं,
यही रिश्ता निभाते एक दूसरे से.....

मैं और तू, बस मैं और तू,
सारी दुनिया में,
संग एक दूसरे के, साथ बनकर, हर सफर के,
कभी साया बन और कभी दुआ बन,
बस मैं और तू चलते साथ–साथ।

## (12)

मोहब्बत मैंने की,
हर पल तन्हा होकर,
कभी इंतजार करके,
कभी बेकरार होकर...

मौहब्बत हर पल मैंने की,
कभी साथ मुस्कराकर,
कभी अकेले रोकर,
जीवन में आगे बढ़कर.....

मौहब्बत हो जाती है,
कभी खुद से,
मौहब्बत हो जाती है,
कभी अनजाने से.....

हमें भी मौहब्बत थी,
बहुत आपसे,
बिना मिले, बिना देखे,
बस मौहब्बत हो गयी।

## (13)

मुझे मिल जायेंगे जीवन में साथ बहुत,
पर तुम जैसा तो कोई नहीं होगा,
मुझे मिल जायेंगे जीवन में चाहने वाले बहुत,
पर तुम जैसा तो कोई समझने वाला नहीं होगा.....

तेरे साथ में मैं खुलकर जी पाता हूँ,
जिंदगी की कड़वी बातें भूल पाता हूँ,
जिंदगी के लिए बस थोड़ी मुस्कराहट चाहिए,
तेरे साथ में हर पल मुस्करा पाता हूँ.....

जिंदगी में बहुत मिलते हैं,
जो साथ निभाते हैं,
पर कुछ साथ तुम जैसे ऐसे होते हैं,
जो अपनी दुआओं के साथ दिल में बस जाते हैं.....

जिंदगी तो बस दो पल की है,
कुछ साथ जाएगा कहाँ,
पर तेरे साथ होकर,
जिंदगी जीने का मजा तो आएगा.....

तेरे साथ मुझे कोई कसम और वादा नहीं चाहिए,
मुझे न कोई रिश्ता और बंधन चाहिए,
बस रिश्ता हो दिलों का,
धडकनों में शामिल बस गहरे एहसास चाहिए.....

क्या कहूं मैं तुम्हें,
बहुत मिलेंगे हमें पर तुम जो नहीं,
बस रहेगा इंतजार हमेशा,
राहों में मिलोगे कभी तो सही।

## (14)

न कह पाए अब कहते हैं,
दिन रात बस तुझे सोचते हैं,
जान हो, दिल हो, जिंदगी हो,
हर पल संग तेरे होने को तरसते हैं.....

तेरी हर बात अच्छी लगे, तेरी मुस्कराहट सच्ची लगे,
देख कर तुम्हे सारे गम भूलते हैं,
तुझसे कुछ न चाह हमें,
बस मन ही मन तुझसे जुड़ते हैं.....

खुदा से चाहते हैं तुझे,
दुआओं में मांगते हैं,
पता नहीं क्या रिश्ता ऐसा तुझसे,
खुदा ही तुझे हम मानते हैं.....

आई लव यू,
आई मिस यू,
आई से आई मीन इट,
बी माइन, बी देअर, फॉर मी, फॉरएवर।

## (15)

नैनों की बात कर,
नैनों के रास्ते दिल में उतर,
नैनों की हलचल हो,
तो धड़कन को बस में कर.....

नैन बहुत जल्दी किसी के हो जाते हैं,
नैन अक्सर सबको अन्दर रास्ता दे देते हैं,
नैन सबसे ज्यादा खुश होते हैं,
नैन आंसुओं में दर्द का राज खोल देते हैं.....

नैनों की भाषा बस पढ़ ले,
कुछ नैनों से बोल दे,
नैनों की गहराई से,
रिश्तों के वजूद को तौल दे.....

नैन पर जोर नहीं होता,
दिल बेशक कठोर पर नैन बड़े चंचल होते,
नैनों की बोली हर किसी को नहीं आती,
नैनों के इशारे भी बड़े कातिल होते.....

अपने नैनों को काजल का श्रृंगार दे,
जो नैनों से करे प्यार, उसे प्यार दे,
दिल के दरवाजे खोलने के पहले,
दिल के नैनों की खिड़की तू बस खोल दे।

## (16)

प्यार के लिए दो दिल चाहिए,
साथ रहने की विल चाहिए,
गुजर जायेगी जिंदगी साथ होकर,
पर साथ होने की फील चाहिए.....

प्यार के लिए पूरी जिंदगी नहीं,
प्यार को बस दो पल चाहिए,
उम्र भर साथ होकर अपना बनते नहीं लोग,
प्यार में अपना बनाने के लिए दो पल चाहिए.....

प्यार बिना लाइफ डेजर्ट है,
ग्रीन–ग्रीन लाइफ के लिए प्यार चाहिए,
सुख दुःख का सफर है जिंदगी, कभी प्यार की धूप,
कभी बरसात चाहिए.....

प्यार दो दिल का नहीं,
प्यार में बंधा पूरा जहां चाहिए,
जिंदगी भी स्वर्ग होगी,
बस दिल के बीच नेटवर्किंग चाहिए।

## (17)

प्यार की शुरुआत वैलेंटाइन डे से बेशक हो,
प्यार मुकम्मल करवा चौथ से होता है,
प्यार के लिए उपवास नहीं चाहिए,
प्यार के लिए बस विश्वास काफी है.....

करवा चौथ लम्बी उम्र के लिए नहीं,
करवा चौथ हर पल प्यार के लिए है,
उपवास तो दृढ़शक्ति हैं,
हर हाल में प्यार करने के लिए.....

करवा चौथ सिर्फ एक सुहागन के लिए नहीं बस,
करवा चौथ हर पति के लिए भी है,
एक का समर्पण है दूसरे के लिए,
उस समर्पण में अपनेपन के लिए भी है.....

कसमों वादों से ज्यादा,
एहसास और साथ जरूरी है,
विवाह तो व्रत हर पल का है,
जिसमें दिल की समझना बहुत जरूरी है.....

वो चाँद, सितारे, रात साक्षी होते हैं प्रेम के,
क्यूंकि जिंदगी में हमेशा सूरज की रोशनी नहीं होती,
अकेले रहना अगर आसान होता,
तो उम्र भर के साथ की जरूरत नहीं होती...

प्यार के गठबंधन में बंधे हुए,
कोई छोटा बड़ा नहीं होता,
यह गठबंधन बस प्यार का होता है,
इसमें बस  प्यार होता है.....

करवा चौथ बस एक आस्था नहीं,
करवा चौथ कोई रस्म नहीं,
यह तो उस मिलन को और मजबूत करती,
यह एक व्रत, एक तपस्या, साथ होकर बात है जीने की.....

ये व्रत और रिवाज बने रहें,
दिल में प्यार बना रहे,
उम्र लम्बी हो दो चाहने वालों की,
विश्वास की डोर दोनों को बांधे रहे।

## (18)

प्यार तो बस दो शब्दों में है,
हमने न जाने कितने शब्दों में पिरो दिया,
प्यार तो बस देने लेने में है,
हमने न जाने कितनी बातों में सजा दिया...

प्यार न बस कहने में है,
प्यार को समझना भी जरूरी था,
हमने सबको समझा नहीं,
पर खुद को सबको समझा दिया....

प्यार कोई नुमाइश नहीं,
प्यार तो बहुत खूबसूरत है,
प्यार तो बस दिल की चाहत है,
पर हमने आँखों को बस बहला दिया...

प्यार करना मुश्किल नहीं,
जितना प्यार को हमने उलझा दिया,
प्यार तो कमियों से होता है,
हमने खूबियों को प्यार मान लिया...

प्यार तो एहसास है उम्रभर का,
हमने एहसास पल भर के लिए तलाश लिया,
प्यार तो जीने की वजह था,
हमने गम और मरने का साथी बना लिया।

## (19)

रिश्तों की अहमियत उसे क्या पता,
जिसे रिश्ता निभाना नहीं आता,
किसी के दिल में दर्द कितना,
जिसे दिल में झांकना नहीं आता...

ये रिश्ते तो दिल की धड़कन की तरह हैं,
कोई दूर से ही सुन लेता है,
किसी को पास होकर भी,
उन्हें सुनना नहीं आता...

किसी को रुलाता वही,
जिसे हँसाना नहीं आता,
वो क्या साथ होगा,
जिसे साथ रोना नहीं आता...

जिंदगी में अकेले,
रह सको तो रह लो,
पर साथ होकर भी क्या,
जिसे अपना बनाना नहीं आता...

अपने का खून के रिश्ते क्या,
अपने तो अजनबी होकर भी लोग होते हैं,
कुछ कहने को बस दोस्त,
पर किसी की हर खुशी वो होते हैं...

बन सको तो किसी के गम का साथ बनो,
ऐसा साथ बनो कि कोई गम ही न हो,
जिंदगी पता है बदलती रहती हर पल यहाँ,
पर तुम ऐसे हो कि बदल जाने का कोई डर न हो।

## (20)

रुला जाते हो याद आकर,
हँसा जाते हो याद आकर,
बहुत खास हो जिंदगी में आप,
बता जाते हो याद आकर...

रिश्ता अनमोल बड़ा आपसे,
कह जाते हो याद आकर,
दिल तो था मेरे अन्दर,
उसे धड़का जाते हो याद आकर...

दूरी बेशक हो अपने बीच,
सारी दूरी मिटा जाते हो याद आकर,
सॉरी, थैंक्स से परे अपना रिश्ता,
बस एक मुस्कराहट में रिश्ता निभा जाते हो याद आकर...

न मिले बेशक हम,
पर बिने मिला रिश्ता जीते हैं याद आकर,
खुद को भूल जाता हूँ अक्सर मैं,
पर आप याद रह जाते हो याद आकर।

## (21)

रूठे हो साजन,
तो मानना बार–बार,
दिल के आगे,
हम हारे बार बार...

दिल देकर अपना,
लिया दर्द उनका उधार,
और प्यार की नाव पर,
चले हम होकर सवार...

जीवन के मझधार में,
साथी बनाया दिलदार,
थामा उसका हाथ,
दे दी  पतवार...

दिल भी यह न लगता,
न होता सबसे प्यार,
बस एक नजर में,
हो जाता इकरार...

साथ चलने का इरादा,
कसमें वादे बेशुमार,
प्यार तो जिंदगी है,
क्यूँ होना इस में बीमार...

समझना क्या है,
बिना समझे होता प्यार,
प्यार में नहीं होती,
कोई जीत, न हार...

भूले जो सब कुछ,
ऐसा होता ये प्यार,
और धड़कन के साथ ही,
धड़कता जीवन में प्यार...

दुनिया की सब सुन्दरता से,
सुन्दर ये प्यार,
प्यार में लोग भूलते,
उस रब को भी यार...

रूठे साजन मनाना,
रूठे जो बार बार,
एक बार जो टूटे,
फिर न जुड़े विश्वास के तार....

जीना है बेकार,
बिना प्यार के यार,
और प्यार में ही मरते हरपल,
जिन्हें न मिलता प्यार।

## (22)

साथ जब हैं हम, और जरूरत कुछ क्यूं,
साथ हँसते, साथ रोते, जिंदगी कट जायेगी यूंही
दिल की बात सब होगी, बस फिक्र होगी,
जिंदगी ये दो पल की,प्यार में गुजर जायेगी यूंही...

एक दूसरे पर विश्वास होगा,
दूर होकर भी आस पास होगा,
चाहत दिलों में भरपूर होगी,
और एक दुसरे की आदत में, जिंदगी कट जायेगी यूंही...

शिकवे न कुछ होंगे,
साथ जब दिल से बंधे होंगे,
परछाई बन एक दुसरे की चलेंगे यूंही,
और क्या माँगे खुदा से, जिंदगी कट जाएगी यूंही...

मुश्किलें हैं जिंदगी में,
पर मुश्किल में साथ प्यार अपना ये जो है,
एक दूसरे को समझते हुए,
मुश्किलें सारी हल हो जायेंगी यूंही...

और क्या कहूँ, जिंदगी खूबसूरत नहीं,
साथ जीने से खूबसूरत है,
ये बस समझ लो,
तो जिंदगी खूबसूरत लगेगी हर पल यूंहीं।

## (23)

साथ मुस्कराना आसान है,
साथ आँखें भीगें तो कोई बात है,
कह कर समझे तो क्या समझे,
बिना कहे सब समझे तो कोई बात है...

गलत आसानी से कह दिया हमें,
खुद की गलती मानो तो कोई बात है,
गलत होना कोई गलत नहीं,
गलती को सुधारो तो कोई बात है...

कहते हो अपना हमें,
हमारी कमियों को भी अपनाओ तो कोई बात है,
अपनी बेशक मुझे सब कह दो,
मेरे दिल की सुन पाओ तो कोई बात है...

इस दुनिया में हर कोई अकेला है,
खुद को जान पाओ तो कोई बात है,
और धुंधला हर कुछ यहाँ है,
साफ सब देख पाओ तो कोई बात है।

## (24)

शिकायत ही शिकायत है जिंदगी से,
थोड़ी सी चाहत करके देख ले,
रोते तो आये थे दुनिया में,
अब थोडा मुस्कराकर देख ले...

हर कोई यहाँ अकेला है,
किसी को भी अपना बनाकर देख ले,
खुद के लिए जीते हैं सभी,
तू औरो के लिए जी कर देख ले...

तेरा गम भी कम लगेगा,
तू औरों के गम लेकर देख ले,
कुछ न पाने की चाहत लेकर,
अपना सब कुछ देना सीख ले...

बदलती हर पल ये जिंदगी,
तू थोड़ा बदलना सीख ले,
औरों के दिलों में पर,
तू बिना बदले रहना सीख ले।

## (25)

सितारों के बीच जैसे चाँद तन्हा है,
वैसे ही जहाँ में हजारों की भीड़ में दिल तन्हा है,
किसी के साथ में तन्हा है,
किसी से दूर तन्हा है...

खुद जैसा कोई मिला नहीं,
हर किसी से दिल मिला नहीं,
बिना मिले हर जज्बात तन्हा है,
दिल का सुकून भी नहीं और हर अरमान तन्हा है..

तेरी जरूरत कितनी,
तन्हा होकर ही ये पता लगा,
बात इतनी सी है,
यहाँ हर कोई बस तन्हा लगा...

शिकवे लाखों हैं खुद से भी,
औरों से भी हैं,
बदलने चाहता कोई नहीं है,
इसीलिए रह जाता तन्हा है...

सब कुछ भुला कर जी ले,
कुछ यार बनाकर कर जी ले,
तन्हाई को प्यार से जी ले,
और सबसे दिल से दिल मिलाकर जी ले।

## (26)

सुन न, दिल की बातों को,
सुन न, अनकही बातों को,
सुन न, मेरी चलती साँसों को,
और सुन न, मेरी चाहत के गीतों को...

सुन न, हर किसी से कहा नहीं जाता,
सुन न, हर कुछ बताया नहीं जाता,
सुन न, सबसे वो गहराई नहीं होती,
सुन न, सब पर विश्वास नहीं हो पाता...

सुन न, मेरे कुछ सपने हैं,
सुन न, सपनों ने रातों को जगाया है,
सुन, उन सपनों में तेरा साथ भी था,
और सुन ले तुझसे रिश्ता गहरा बहुत पाया है...

तुम न होते तो किससे मैं कह पाती,
क्या बिना कहे मैं जी पाती,
सब दिल का दिल में होता,
मैं तन्हा अनसुनी रह जाती...

सुन न, तुमने हँसना सिखाया,
सुन न, तुमने जीना सिखाया,
सुन ले तेरे जैसा कोई नहीं जिंदगी में,
और सुन बड़ी शुक्रगुजार हूँ उसकी जिसने तुझे बनाया...

सुन न, मुझे जरूरत है तेरी,
सुन न, तुझसे धड़कनें हैं जुड़ी,
सुन न, जो बात मैंने कही नहीं,
सुन न तेरे सुनने से ही मेरी सारी बातें हैं जुड़ी।

## (27)

तुम्हारी चाहत के सिवा और कुछ नहीं हमारे पास,
तुम्हारी यादों के सहारे हम जीते, और कुछ उपाय नहीं हमारे पास,
तुम खास हो कितनी, क्या बताएं तुमको हम,
एक तेरे नाम ऐसा है, जो दिल में धड़कता बनकर एहसास...

तुझसे चाहत क्यूँ इतनी, क्या बताएं हम तुम्हें,
अपनी चाहत को कैसे, बोलो दिखाएँ हम तुम्हें,
बस जीते हैं तुमसे करके प्यार,
और वजह कुछ नहीं हमारे पास...

रिश्ता ये तेरा मेरा, जोड़ा खुदा ने खुद ही है,
मिलाया हमको जो बिछड़ कर दोबारा, उसकी ही रजा है,
उसकी जो अनमोल कीर्ति तुम,
खुश होकर दे दी उसने बनाकर तुम्हें विश्वास...

बता देना हमें तुम, अगर कोई गलती हमसे हो जाए,
माफ कर देना, अगर कोई भूल हो जाए,
ये साथ कभी न तोड़ना कितनी भी मुश्किल हो,
जिंदगी हमारी तुम हो और हो दिल के पास...

## (28)

तुम्हारी जरूरत क्यूँ है जिंदगी में,
ये सवाल ज़हन में आता है मेरे,
कितनी जरूरत है तुम्हारी,
एक सवाल के साथ ये सवाल भी जुड़ जाता है।

मुझे जरूरत एक ऐसे दोस्त की
जिसे मैं अपना कह सकूं,
एक विश्वास हो मेरे और उसके बीच,
उससे दिल की अपनी सब कह सकूँ...

मुझे जरूरत एक इंसान की,
जो मुझे समझ सके,
जिंदगी की उलझी राहों पर,
उम्मीद की रोशनी कर सके...

कभी–कभी जिंदगी बड़ी बेजान लगती है,
जिंदगी सब कुछ हारी लगती है,
कोई हो जो हमें दिखा सके,
और बताये कि हार कर बाद भी जीत मिलती है...

उम्मीद जब टूट जाती है,
हौसला बंधा सके,
और जब खाली अकेला लगे मन,
तो उसमें जिंदगी खूबसूरत दिखा सके...

तुमको मैंने पाया,
जो मुझे समझते हो,
जो विश्वास तुम्हारा मुझ पर,
मुझे खास तुम करते हो...

तुम न कोई फरमाईश करते,
तुम्हें बस मेरी खुशी की चाह है,
दिल में बसते हो,
अपने शब्दों से मुझे बहुत प्रेरित करते हो...

समझ पाना मुझे बड़ा मुश्किल है,
मुझे दुनियादारी आती नहीं,
जैसा मैं हूँ वैसे तुम हो,
छिपाने, न बताने वाली कोई बात होती नहीं...

एक हक बिना किसी रिश्ते के दिया एक दूसरे,
एक दुसरे की फिक्र और परवाह करते हैं,
दोनों के कुछ अधूरे सपने,
उन्हें साथ होकर पूरे करने को सोचते हैं...

बहुत यार मिले जिंदगी में,
तुमसे जो दिल मिला किसी से न मिला,
सच कहता हूँ नमन मुझे,
दिल यही हर पल तन्हा मिला...

बहुत सपने हैं,
पर बहुत बिखरा हूँ मैं,
हरपल बस मरता था मैं,
पर तुमसे मिलकर कुछ बदला हूँ मैं...

मुझे पता नहीं साँसों का,
पर मेरी आखरी सांस तक तेरी दोस्ती होगी,
मेरी हर सांस भी,
सिर्फ तेरी खुशी और मुस्कराहट चाहेगी...

तुम हो अपने जैसी,
अपने से भी तुम प्यारे हो,
तुम्हारी जरूरत है हकीकत की तरह,
अभी तो बहुत सपने अधूरे हैं...

तुम मेरी जिंदगी में,
सूरज, चाँद, सितारों की तरह चमकते हो,
तुम मेरे सब कुछ हो,
मेरे हर सपने में बसते हो...

जरूरत है तुम्हारी एक दुआ की तरह,
जरूरत है तुम्हारी खुद की हिम्मत की तरह,
जरूरत है तुम्हारी जिन्दगी के लिए,
जरूरत है तुम्हारी साँसों की तरह।

## (29)

तुम्हारी जरूरत मुझे हर पल है,
तुम्हारी आरजू हर सांस में है,
पर मुझे पता है कि,
तुम मुझसे दूर बहुत हो...

समझा लेता हूँ दिल को मैं,
जब याद तुम आते हो,
बेशक न मिला तुमसे,
शुक्र है बात कभी तो कर पाते हो...

तुम्हें खुश सोच कर खुश हो लेते हैं,
तन्हा कभी होकर रो लेते हैं,
तुम मिलोगे एक दिन,
बस यही सोच कर जी लेते हैं...

तुम्हें हमसे प्यार है,
ये भी पता नहीं हमें,
पर हम तुम्हे चाहते दिल से,
ये बात पता है हमें...

और क्या कहूं,
जिंदगी बहुत तन्हा है,
जीने की तमन्ना है,
तेरे साथ मुझे है।

## (30)

तुमसे दिल लगाने की सजा देखो,
मेरी आँखों से रिमझिम बरसते आंसू देखो,
तुम तो चले गए सब छोड़ कर,
मेरे दिल के टुकड़े हुए हजार देखो...

क्या मेरा तुम्हें चाहना गलत था,
मेरे दिल की सच्चाई देखो,
तुझसे जो बनाई मैंने अपनी दुनिया,
मेरी तुम तन्हाई देखो...

खुश होने को तू हो जा,
पर दिल से दिल की सगाई देखो,
याद आयेंगे तुम्हे हम भी,
हमारी जो अच्छाई देखो...

दिल मेरे पास भी है,
सुन सको तो धड़कनों का धड़कना देखो,
जो बस गये हैं इस दिल में,
उनसे दूर होने की रुसवाई देखो...

मैं तो जी लूँगा,
बस दिल के मंदिर लगी मूरत देखो,
अगर मिल गए राहों में कभी,
आँख न मिला पाने की कठिनाई देखो...

चाहत हर किसी से होती नहीं,
हर किसी को चाहत मिलती नहीं देखो,
चाहत में कैसे मरते हैं लोग,
बस सिर्फ एक पल के लिए दिल से चाहत करके देखो।

## (31)

तुमसे जो बात हुई थी,
ऐसा लगा था कि बस रुक जाऊं,
तुमसे बंधकर मैं रह जाऊँ,
हमेशा के लिए तेरा हो जाऊँ...

कुछ ख्वाब देखे, कुछ ख्वाहिश की,
मिलने की बात की,
आलू परांठा साथ खाने की बात की,
बहुत कुछ बोला, कुछ और चाह की...

तुम चले गए बिना बोले,
दुनिया एकदम से सूनी हो गयी,
मैं तड़पता हर रात, बस साथ याद तेरी रह गयी,
बात अधूरी रह गयी, जिंदगी अधूरी हो गयी...

इंतजार था तेरा जिंदगी में,
ख्याल था सोचा नहीं था,
क्यूँ दर्द था जिंदगी में, किससे कहता,
कोई समझने वाला भी कहाँ था...

अब तुम आये वापस,
तुझे खुश न देखकर,
दिल भी उदास है,
मैं भी टूटा हूँ, बस तेरे आस पास है...

तू किसी और की,
मैं बस तेरा,
रिश्ता ये अनोखा,
दोस्ती से कुछ ज्यादा, जो हरपल साथ है।

## (32)

वो ख्वाब था,
आँखों से होकर गुजर गया,
हकीकत बेशक नहीं थी,
पर हरपल के लिए जहाँ में वो रह गया...

अनकहे शब्द, अधजगी रातें,
दिल को बेचैन वो कर गया,
ख्वाब कहूँ या जिंदगी कहूँ,
सुकून सब वो साथ ले गया...

ये आँखें उसके इंतजार में,
एक बार मिल जाये वो,
इस दिल को करार,
एक पल के लिए दे जाए वो...

पर वो ख्वाब था,
आँखों से होकर गुजर गया,
पर सच्चाई यही है उसकी,
मेरा वजूद, मेरी दुआ वो बन गया।

(33)

ये वैलेंटाइन डे न होता तो
शायद लोग प्यार को भूल ही जाते,
दिल के गुलाब सब सूख ही जाते,
इतने व्यस्त जीवन में हर कोई,
रफ्तार में साथ छूट ही जाते...

प्यार सच करते हो क्या,
साथी से लड़ते हो क्या,
दिल को खोल लेना हमेशा,
फीलिंग्स और इमोशंस चेक करते हो क्या...

अन्दर बहुत कुछ अक्सर रह जाता है,
प्यार जिंदगी के बोझ में दब जाता है,
कसम खाते उम्र भर के साथ की,
साथ भी राहों में छूट जाता है...

प्यार को इबादत की तरह रोज करना,
भगवन को दिमाग में और यार को दिल में रखना,
देख लेना जिंदगी में ऐसे न घिर जाओ बेमानी जज्बातों से,
प्यार को प्यार से मिलकर पूरा हो हर सपना।

## (34)

इश्क़ की यह बात तो खास रही,
तू साथ ना होकर भी, हरपल साथ रही,
तेरी तलब ऐसी रही जिन्दगी में,
साँसों में बसकर भी, साँसें तन्हा रही...

चाँद, सितारों, हर नजारों में,
तेरे दीदार को नजर बेकरार रही,
रात भी कटी तेरे इन्तजार में,
सुबह भी तेरी हर बात रही...

इश्क़ है तुमसे, यह पता सबको,
पर ना जाने क्यों तू अनजान रही,
मैं जिन्दगी में रहा बस तेरा बनकर,
तू ना जाने किसकी दीवानी रही...

इश्क़ दफ़न रहा शब्दों, जहन, मिट्टी में,
पर फिजाओं में इश्क़ की महक रही,
इश्क़ में इम्तेहान देकर ही,
इश्क़ की हर बात अनमोल रही।

## (35)

एक ख्याल जो बनकर सवाल आता है,
क्या मेरा प्यार तेरे लिए एक तरफा है,
क्योंकि तुमने कभी मुझे कहा नहीं,
और मुझे मेरी बातों का जवाब मिला नहीं,
तो क्या समझूं मैं,
मेरा प्यार तेरे लिए एकतरफा है...

आँखों से बेशक किया इजहार,
पर देते हो मुझे इन्तजार,
नहीं हो क्या तुम भी बेकरार,
हो तो कर लो इकरार,
वर्ना क्या समझूं मैं,
मेरा प्यार तेरे लिए एकतरफा है...

प्यार के बदले प्यार मिले जरूरी नहीं,
मैं चाहता हूँ तुम्हें, तुम भी चाहो मुझे जरुरी नहीं,
मुझे तो प्यार रहेगा तुमसे,
मेरी आखिरी साँस तक,
चाहे यह प्यार मेरा,
तेरे लिए एकतरफा है।

## (36)

कभी कभी मेरे दिल में,
यह ख्याल आता है,
मेरी हर साँस में,
तुम पर प्यार बहुत आता है।

दूर रहना तुमसे,
मुश्किल है जान लो,
सुबह शाम बिना तेरे दीदार के,
दिल का दर्द जुबां पर उभर आता है।

यूँ तो तन्हा है जिन्दगी मेरी,
तेरी यादों का साथ मिल जाता है,
आरजू तेरी है जिन्दगी को,
हर दुआ में तू खुदा मेरा नजर आता है।

तेरे बिना जिन्दगी भी क्या जिन्दगी है,
आँखों में बहता दरिया बह आता है,
और जिन्दगी ना हो तेरी जुदाई एक पल भी,
मेरे दिल में यह ख्याल आता है।

## (37)

काश ये दिल दर्पण होता,
उसके जैसे समर्पण होता,
दिल की हर धड़कन में,
तेरा ही वर्णन होता...

भावों के मंथन पर,
जीवन में अमृत होता,
महकता हर एक पल,
तेरा जो संग होता....

मिलते रब जैसे मुझको,
बस चिंतन वंदन होता,
सूरज चाँद सितारों से,
रोशन घर आंगन होता...

साँसों का साँसों के मिलन पर,
खुशियों का अभिन्दन होता,
हर तरफ बहार होती,
प्यार का मौसम होता।

(38)

किसी को खो कर पता चलता है,
अनमोल वो, कितना अनमोल होता है,
सामने जब नहीं होता वो,
दिल उसकी यादों में व्याकुल होता है....

जिसके लौट आने की आस,
हर साँस में दिल को इन्तजार होता है,
हर आहट पर, हर दस्तक पर,
उसका आने का ऐतबार होता है...

जो लौट नहीं वापस आ पाए,
वो आँसुओं में रहता है,
बस यादों में साथ उसका,
चाहकर भी पास नहीं होता है...

यही दस्तूर दुनिया का,
दूर होकर प्रेम ढूंढता है,
रिश्तों की अनमोलता को,
खोकर ही तरसता है।

## (39)

चाँद में तेरी झलक नजर आती है,
तेरे बिना जिन्दगी अन्धेरी नजर आती है।

चाँद की तरह तुमसे चाहत रोज बढ़ती जाती है,
तुम जो मिल जाए तो जिन्दगी पूर्णिमा हो जाती है।

चाँद की सारी दुनिया दिवानी नजर आती है,
तेरी याद मुझे चाँदनी का दीवाना बना जाती है।

चाँद की खूबसूरती दागों में कम हो जाती है,
तेरी खूबसूरती बेदाग नजर आती है।

चाँद को साक्षी हर इबादत, हर दुआ की दुनिया बनाती है,
तुझमें मुझे मेरे खुदा की रहमत नजर आती है।

## (40)

छुपा–छुपा चाँद बेकरार कर जाता है,
इंतजार देकर तन्हा कर जाता है,
हमारी बेकरारी का मजा वह भी लेता है,
इन्तहां जो होती है तो सूरत दिखा जाता है....

चाँद हर नजर में खूबसूरत नजर आता है,
जरा जरा करके वह पूरा हो जाता है,
अपने आगोश में रखता रातों को,
हर सुबह नया वादा दे जाता है...

यह जो चाँद मेरा,
बाहों में जकड़ जाता है,
दूर होकर भी वह मुझसे,
हर पल साथ दे जाता है...

हर कोई दीवाना चाँद का,
नजर ना जाने कैसी देख जाता है,
इश्क का टीका लगाया हमने चाँद को,
बस हमारा बन वह चमक जाता है।

## (41)

जिस भी रंग में रंगो मुझे,
तेरे रंग में रंग जाऊँ मैं,
काजल, बिन्दियाँ, झूमके, कंगन,
तेरा श्रृंगार बन जाऊँ मैं...

साँसों का समर्पण बन,
तेरे इश्क में जी जाऊँ मैं,
तेरे विश्वास का दर्पण बन,
हर पल संवर जाऊँ मैं...

जीवन के सफर में साथ तेरे,
कसमों में बँध जाऊँ मैं,
तेरे मेरे दरमियाँ भेदों को,
मिटा, तेरा हो जाऊँ मैं...

तेरी हर कसौटी पर,
सोने सा खरा उतर जाऊँ मैं,
इश्क के इम्तेहानों को,
तेरा होकर दे जाऊँ मैं।

## (42)

तुम सुबह की तरह हो,
तुम रात की तरह हो,
मेरी जिन्दगी हो,
साँसों की तरह हो.....

खुदा की तरह हो,
इबादत की तरह हो,
मेरे दिल की तरह हो,
उसके ऐतबार की तरह हो....

उजाले की तरह हो,
चाँद तारों की तरह हो,
तुम फूलों की तरह हो,
बहारों की तरह हो...

तुम मुस्कराहटों की तरह हो,
दिल के करार तरह हो,
तुम ख्वाब की तरह हो,
जिन्दगी की हकीकत तरह हो...

तुम मिठास की तरह हो,
तुम खूबसूरत अहसास की तरह हो,
मेरी अपनी तरह हो,
खुद का जिक्र, फिक्र की तरह हो।

## (43)

तुम्हें हमसे चाहत है,
चाहत के साथ शिकायत है,
वजह हमें पता है,
और हमें पसंद आपकी शिकायत है...

हर शिकायत में आपकी,
हमारी भलाई होती,
गलतियाँ हम करते,
उन्हें सुधारने की बात होती...

हर शिकायत आपकी,
हमें आपकी फिक्र बता जाती,
कितने खास हम हैं,
यह दिखा जाती...

साथ छोड़ने की बात नहीं करते,
सुधरने की बात करते,
आपकी हर शिकायत से,
हम और आपके करीब होते...

आपकी शिकायतों को,
हम दूर करना चाहते हैं,
पर क्या शिकायतों में प्यार नहीं गहरा,
बस जानना चाहते हैं...

तुम यूंही हमें चाहते रहना,
शिकायत हो तो बेशक करना,
इन्सान हूँ, खुदा नहीं हूँ,
गलतियों के बावजूद मैं बस तेरा हूँ।

# (44)

तेरा मेरा मेल नहीं,
फिर भी तुझसे इश्क प्रिये,
बेशक अलग अलग हम दोनों,
पर दिल से हैं हम जुड़े प्रिये...

तुम कोलकाता का विक्टोरिया,
मैं उसकी रंग बिरंगी रोशनी प्रिये,
तुम कोलकाता की मेट्रो रेल,
मैं हूँ ट्राम प्रिये...

तुम कोलकाता की झाल–मुड़ी,
मैं हूँ बैगुनी भाजा प्रिये,
तुम हो गर्म समोसा,
मैं उसमें गर्म मसाला प्रिये...

तुम हो पार्कस्ट्रीट की हलचल,
मैं बड़ा बाजार तंग प्रिये,
तुम काली घाट का सिन्दूर,
मैं भूतनाथ की भभूत प्रिये...

तुम हो रसगुल्ला कोलकाता का,
मैं शुगर फ्री संदेश प्रिये,
तुम सुकून की दोपहर,
मैं जाम का सफर प्रिये...

तुम सुबह की अजान घंटी,
मैं ऑफिस की बेल प्रिये,
तुम गुलकंद हो पान की,
मैं बंगला पान प्रिये...

तेरा मेरा मेल नहीं,
फिर भी मैं तेरा प्रिये,
मुश्किल शायद कुछ होता नहीं,
इश्क में मेरे प्रिये।

## (45)

तेरी आँखों में हमने जिन्दगी देखी है,
गहराईयों में इनके खुद की तस्वीर देखी है,
सोचता हूँ कितना अधूरा होता मैं तेरे बिना,
हर बात में मेरी तेरी परछाई देखी है...

खामोश होकर जो कहते हैं लब तेरे,
उनमें शामिल मेरी चाहत देखी है,
छू जाती हो जिन्दगी को अपनी मुस्कराहटों में,
तुमसे बंधी मेरी हर खुशी देखी है...

यह जो तेरा श्रृंगार है किया तुमने,
जिन्दगी खूबसूरत हमने देखी है,
रंगी है जिन्दगी इन्द्रधनुष सी तेरे रंग में,
रंग भरती तेरी छवि देखी है...

तेरे कंगन, पायल की आवाज में,
जिन्दगी की सरगम देखी है,
सच में तेरे हर रूप में,
मैंने रब की मूरत देखी है।

(46)

मिटा मिटाकर रोज प्रेम लिखता हूँ,
तेरा नाम कभी साथ, कभी अलग लिखता हूँ,
लिखने वाले ने तुझे लिखा मेरी किस्मत में यह पता नहीं,
मैं मेरी साँसों पर बस तेरा हक लिखता हूँ...

शब्दों में दिल के जज्बातों को लिखता हूँ,
जिन्दगी के लिए दवा, दुआ लिखता हूँ,
धो देता हूँ लिखा अपना अपने अश्कों से,
मैं कोरे कागज पर मन के रंग लिखता हूँ....

साथ होने को सारा जहां साथ है,
जो साथ नहीं उसकी जुदाई लिखता हूँ,
मिलन होगा या नहीं यह भी खबर नहीं,
खुद से बेखबर बस अपनी खबर लिखता हूँ....

पढ़ने वालों मुझको बता देता तुम्हें,
मैं खुद को छुपाकर थोड़ा लिखता हूँ,
समझ जाना मन पर अंकित छवियों को,
मैं मिटा मिटाकर हर बात जो लिखता हूँ।

(47)

मैं जो ख्यालों में आने लगूँ,
तो समझ लेना मोहब्बत है,

मैं जो ख्वाबों में सताने लगूँ,
तो समझ लेना मोहब्बत है,

मैं जो रातों को जगाने लगूँ,
तो समझ लेना मोहब्बत है,

मैं जो सब कुछ भुलाने लगूँ,
तो समझ लेना मोहब्बत है,

मैं जो दिल का अहसास बन धड़कने लगूँ,
तो समझ लेना मोहब्बत है,

मैं जो खुद में नजर आने लगूँ,
तो समझ लेना मोहब्बत है,

अजनबी होकर जो अपना लगने लगूँ,
तो समझ लेना मोहब्बत है,

सब समझ कर कुछ नहीं समझ आए,
तो समझ लेना मोहब्बत है।

## (48)

यह जिंदगी भी नवंबर–दिसंबर सी हो गई है,
हर बात सर्द सी हो गई है,
हर रात लंबी हो गई दिल की तन्हाइयों में,
हर सुबह बिना धूप सी हो गई है...

अरमानों के पत्ते झड़े हुए है,
सर्द हवाओं में हम घिरे हुए हैं,
मौसम के बदलने के इन्तजार में,
हम दिल को समझाए हुए हैं...

काश जिन्दगी जनवरी–फरवरी हो जाए,
नई उमंग के साथ नए बसंत आए,
खिल जाए हर पल में जिन्दगी,
मौसम जिन्दगी में नए रंग लाए...

मार्च भी हो जिन्दगी में,
होली का आगमन हो जाए,
धू–धू हो जाए जुदाई का दहन,
यार से मिलन का मौसम लाए...

अप्रैल–मई में प्यार पके,
आमों की डाली से झूले,
जून में सूरज में तपकर,
जुलाई–अगस्त में प्यास भुझे...

सितंबर में नवरात्रि का,
करें पालन और पूजन,
अक्टूबर में रोशन हो,
दिवाली के दीयों सा जीवनकृ...

बस नवंबर दिसंबर ना आए,
ना सर्द हो मौसम,
अकेले कटे नहीं यह जिंदगी,
यार बिना सर्द है यह जीवन।

## (49)

यह प्रेम ही तो है,
जो धड़कन बन दिल में धड़कता है,

यह प्रेम ही तो है,
जो हर किसी को रिश्तों में जोड़ता है,

यह प्रेम ही तो है,
जो अश्कों में बहता है,

यह प्रेम ही तो है,
जो मुस्कुराहट में सँवरता है,

यह प्रेम ही तो है,
जो दिल को खोल जाता है,

यह प्रेम ही तो है,
जो हर बात बोल जाता है,

यह प्रेम ही तो है,
जो सुबह और रात का साथ है,

यह प्रेम ही तो है,
जो भरता रस हर जज्बात है,

यह प्रेम ही तो है,
जो भगवान से बड़ा भक्त है,

यह प्रेम ही तो है,
जो जिन्दगी बन मिलता हर वक्त है,

यह प्रेम ही तो है,
जिसमें बेमानी जीत और हार है,

यह प्रेम ही तो है,
जो अनमोल, बेशकीमती जीवन का उपहार है,

यह प्रेम ही तो है,
जो तेरी मेरी सच्चाई है,

यह प्रेम ही तो है,
जिसने जीने की वजह दिखाई है,

यह प्रेम ही तो है,
जो दिल का विश्वास है,

यह प्रेम ही तो है,
जो इस दुनिया में खास है।

## (50)

साँसों का वादा है साँसों से,
हर साँस में साथ रहूँगा,
तुम मेरे दिल में धड़कोगी,
मैं तुम्हारे दिल में धड़कूँगा....

आँखों का वादा है आँखों से,
हर नजर में तुमसे मिलूँगा,
आँखों के इकरार में,
अपने दिल को मैं खोलूँगा...

शब्दों का वादा है शब्दों से,
खामोशी से तुम्हें प्यार करूँगा,
शब्दों को बिना बोले ही,
हर शब्द में तेरा जिक्र करूँगा....

मेरा यह वादा है तुमसे,
इश्क तुम्हें हर पल करूँगा,
इस जन्म में सिर्फ नहीं,
हर जन्म बस तुमसे करूँगा।

## (51)

हो रहा है प्रेम तुमसे,
आँखों ही आँखों में,
रजामंद है तेरा काजल भी,
बह कर मेरी यादों में...

हो रहा है प्रेम तुमसे,
साँसों के साथ में,
हर साँस ने दुआ की है,
तेरी और मेरी खामोशी में...

हो रहा है प्रेम तुमसे,
हर दिन और शाम में,
सूरज, चाँद को सजाया मैंने,
तेरे एक दीदार में...

हो रहा है प्रेम तुमसे,
तेरे हर रूप और श्रृंगार में,
खुद को पाया प्रेम की गहराईयों के बीच,
तेरी हर मुस्कराहट में...

हो रहा है प्रेम तुमसे,
बेचैन होकर सुकूँ में,
प्रेम तो प्रेम का हो गया,
मिला जो दोनों दिल में।

## (52)

उड़ते, मन के आसमां पर,
हाथ में देकर डोर महबूब को,
बनकर हम पतंग,
ऊँचे, ऊँचे...

उड़ते, जहां से परे,
हवा है इश्क की,
जो ले चली हमें,
ऊँचे, ऊँचे...

उड़ते, अपनी ही धुन में,
बनकर किसी के इश्क में,
बस इस इश्क ने दी और रखा है,
ऊँचे, ऊँचे...

हमें बनना पतंग,
उड़ना आसमान में,
बनकर सिर्फ उनका, सिर्फ उनका,
ऊँचे, ऊँचे...

## (53)

दिल को अपने संभाला है तेरी कसम देकर,
दिल मेरा जो धड़कता बस तेरा ही बनकर,
समझने को तो खूबसूरत यह जिन्दगी बहुत है,
हमें सब खूबसूरत नजर आया बस तुमसे मिलकर....

मोहब्बत में पड़ता है जीना, मर मरकर,
पर पाया है हमने तुम्हें सुकूँ अपना खोकर,
मोहब्बत आसान नहीं समझ आया मोहब्बत कर,
पर जीना भी बहुत मुश्किल अब तुमको भुलाकर....

सच्ची मोहब्बत की मालूम परवाह नहीं जहां में,
सम्भलना आता है अक्सर चोट जहां में खाकर,
हम तो गिला नहीं करेंगे छोड़ जाओ बेशक,
फिर दुआ ना करना मिलने की, बिछड़ कर...

टिकट कटी हुई अकेली जाने की जहां से,
सफर साथ हो तो मिलों सुहाना साथ बनकर,
तरसते हैं ख्वाब हकीकत को मोहब्बत में अक्सर,
भुला जाओ सारे शिकवे एक बार गले लगाकर....

(54)

तुमसे मिलकर भी जो कह नहीं पाया,
घंटों बात कर भी समझा नहीं पाया,
खुद से ज्यादा जो की है तुमसे,
वो बस मोहब्बत ही है तुमसे...

आँखों में मेरी जो दिखा नहीं पाया,
छुपाकर भी रखा पर छुप नहीं पाया,
सबको खबर होकर भी बेखबर जो तुमसे,
वो बस मोहब्बत ही है तुमसे...

पूछा भी तुमने पर बस सर को हिलाया,
खुद को बचाकर तेरे पीछे पीछे आया,
तेरी हर पंसद को खुद की पंसद बनाया,
वो बस मोहब्बत ही है तुमसे...

दिन रात का सुकूँ गँवाया,
तेरे दीदार को जन्नत की चाह पाया,
घिस घिसकर पूजा का चन्दन लगाया,
वो बस मोहब्बत ही है तुमसे....

समझकर सबकुछ हमेशा बेवकूफ बनाया,
सब कुछ देख सुनकर भी गौर नहीं फरमाया,
तड़पते रहे पर कभी नहीं मुझे बताया,
वो बस मोहब्बत तुम्हारी है मुझसे...

## (55)

क्यों खोजते हो अब मुझमें, मेरा दीवानापन तुम,
जब चले गए राहों में छोड़ तुम,
तन्हा हम हरपल करते इन्तजार,
कोशिश करते जीने की अकेले बिन तुम...

क्यों खोजते हो अब मुझमें, मेरा दीवानापन तुम,
जब जिक्र नहीं तुम्हारा हमारी जिन्दगी में कहीं,
आ गया हमें भी जीना तुम्हारे बिना,
और आदत भी अब तुम्हारी नहीं रही....

क्यों खोजते हो अब मुझमें, मेरा दीवानापन तुम,
क्योंकि अब दिवाने हम तुम्हारे नहीं,
बस खुद में ही जीते है दिल से,
शब्दों का तराना छेड़ते महफिलों में यहीं...

क्यों खोजते हो अब मुझमें, मेरा दीवानापन तुम,
क्योंकि अब दीवानापन नहीं, पागलपन सवार है,
दिखा देने को जहां को रोशनी 'दीप' की,
दूर करना है अन्धेरों को जो दिलों में है...

## (56)

प्यार का रंग क्या,
अक्सर यह ख्याल आता है,
हर रंग में तुम नजर आते हो,
हर रंग प्यार दे जाता है...

काजल तेरी आँखों का,
बादलों को रंग देता है,
बरस आते सारे बादल,
जब जुदाई में प्यार भाँप बन जाता है...

बिन्दी का रंग तुम्हारा,
हर सुबह को सुनहरा कर देता है,
बिन्दी यह तुम्हारी तुम्हें हमारा बताकर,
हक जीवन को उमंगों दे जाता है....

सिन्दूर का रंग लाल,
जीवन में जोश को जगाता है,
जिन्दगी तुझमें रंगी जो,
रंग गहरा लाल हो जाता है...

रंग बिरंगा चूड़ा हाथों में,
सपनों को रंग जाता है,
ऐसा लगता इस धरा की सारी सुन्दरता से,
तुझको सजाता है...

साथ मेरे जो जीवन में,
खुशियों का जिन्दगी में रंग हो जाता है,
तुझसे ही सारे रंग जिन्दगी के,
तुझसे ही हर पल और खूबसूरत हो जाता है....

## (57)

तुम आँखों से वो कह जाते हो,
जो होठों से हम नहीं कह पाते,
तेरी आँखों में जो देखा खुद को,
और अब कोई ख्वाहिश नहीं रख पाते...

तेरी आँखों की यह सादगी,
बाँधी है हमको,
शब्दों की गहराई से ज्यादा,
पाया हैं इनको...

सवाल खुद ही करती,
खुद ही जवाब दे जाती हैं,
इंतजार देकर हमको,
इजहार कर जाती हैं...

राज गहरा है इनमें,
हमें साझेदार बना जाती हैं,
आँखों की हलचल में,
दिल को मचला जाती हैं...

आँखों से शुरू,
जो दिल का रास्ता है,
तेरी आँखों में ही मेरा,
रब यार दिखता है.....

## (58)

यही तो प्यार की हद है,
दूर होकर भी पास बेहद है...

तेरा प्यार जिन्दगी है मेरी,
जीने की जरूरत हो मेरी...

सरल शब्दों में हम प्यार कहते हैं,
समझना प्यार जो नाम तेरा लेते हैं....

उम्र प्यार की बस इतनी हो,
हर पल प्यार इसमें जितनी हो...

हमें प्यार आता नहीं पता हमको,
समझ सको तो बस समझना हमको...

किस्मत में चाहे यह प्यार नहीं हो,
तुम साथ हो फिर कुछ चाहे नहीं हो...

हर कोई प्यार करता है शिकायत के साथ,
बेशक तुम शिकायत करना पर प्यार के साथ....

साँसों को तो बेवफा पाया है,
अमर बस तेरा प्यार पाया है.....

## (59)

इम्तेहान तो मेरा आज वक्त ले रहा,
तेरी बेरूखी से कोई शिकायत नहीं,
तुम्हें चाहत हमसे नहीं है तो ना सही,
हम कैसे कहें कि तुमसे चाहत नहीं...

अश्कों को पता है हाल हमारा,
मुस्कराहटें का रहने दो राज सही,
कभी अगर लगे तो तुम भी रो लेना,
पर हमें तो नहीं रोने की तुमने कसम दी....

मोहब्बत मुश्किल जहां में बहुत,
एक जन्म में यह मुकम्मल नहीं,
सात जन्मों की मोहब्बत मंजूर,
बेशक सितारों में खो जाए कहीं....

मोहब्बत हर किसी से होती नहीं,
मोहब्बत हर किसी को होती नहीं,
ना मिले मोहब्बत कोई गिला नहीं,
मोहब्बत है इबादत यह बात सही....

## (60)

चलों स्वीकार करते हम, हमें प्यार तुमसे है,
अंबर में सितारें जितने, उतना प्यार तुमसे है,
तुम्हें हमने अपने आसमां का चाँद बनाया है,
हमारा दिल और जीवन, सब रोशन तुमसे है...

तुम्हारा प्यार जीवन में, बहार और खुशबू है,
तितलियों का रंग है, और इन्द्रधनुष सा है,
प्यार लगता सोना है, हीरे और मोती है,
हर बात मेरी अनमोल, बस यहाँ तुमसे है....

रिश्ता तुमसे हमने यह दिल से जोड़ा है,
एक जन्म नहीं सिर्फ, सात जन्मों से जोड़ा है,
हर जन्म में मिल जाना अहसासों का नाता है,
धड़कता साँसों में हमारी जो प्यार तुमसे है....

प्यार को प्यार मिल जाए यह वादा है,
हर सुख दुःख में साथ होने का वादा,
समर्पित यह प्यार हमारा, कोई और बात नहीं है,
समर्पण ही प्यार हमारा, हमें प्यार तुमसे है.....

## (61)

इम्तेहान तो हर पल का है,
पास फेल से परे है,
कैरियर से भी ज्यादा जरूरी,
हो गए इश्क में जो तेरे हैं...

सवाल ही सवाल हैं,
ना कोई हल है,
तेरे इश्क़ में,
उलझन हर पल है...

किताबों में पढ़ा,
पर तुम्हें समझना मुश्किल है,
हार जीत की बात नहीं,
जो हो गए तेरे देकर दिल है...

अपना लो मुझे,
समझ जाऊँगा तुम्हें,
मेरी उलझनों का हो जाएगा हल,
दिल की बात बता पाऊं तुम्हें.....

(62)

यह जहां या जिन्दगी करूँ,
दिन करूँ या रात करूँ,
सूरज, चाँद या सितारें करूँ
बोल तेरे नाम क्या करूँ...

हवा करूँ या महक करूँ,
फूलों का बाग करूँ,
हर नजारा, हर नजर करूँ
बोल तेरे नाम क्या करूँ...

धड़कनें करूँ या उम्र करूँ,
सुकूँ करूँ या दिल बेचौन करूँ,
ख्वाब सारे या उनकी हकीकत करूँ
बोल तेरे नाम क्या करूँ...

हर कसम, हर वादा करूँ,
इबादत करूँ या दुआ करूँ,
खुदा मेरे, मेरी रूह को तेरे नाम करूँ
बोल तेरे नाम क्या करूँ.....

## (63)

हर किसी ने नजर से इश्कं किया,
कोई नजरों में बसाकर करें, तो कोई बात हो।

इश्क इतना भी बदनाम नहीं,
सारे शहर को ना खबर हो तो कोई बात हो।

इश्क़ में सबने खूबियों से प्यार किया,
कोई बस यूँही प्यार करे तो कोई बात हो।

इंतजार में गुजर रही है जिंदगी,
कोई यूँही राह चलते मिले तो कोई बात हो।

इश्क़ की हम बात ना करें तो नहीं करते,
पर बिना बोले हमारा इश्क़ समझे तो कोई बात हो।

## (64)

कभी दिल तड़पता है,
कभी आँखें छलकती हैं,
प्यार का एहसास तभी होता है,
जब तन्हाईयाँ छलकती हैं...

ख्वाब होते हैं,
जागी रात होती हैं,
किसी के ना होने से,
कितनी बरसात होती हैं...

हर चीज भी,
इश्क नमक बिना बेस्वाद होती है,
यह स्वाद जीभ का नहीं,
जिन्दगी बेस्वाद होती हैं...

इश्क़ करके थोड़े होता,
हो जाता बस ऐसे,
साँसें भी ठहरी होती है,
जिन्दगी खोई होती है...

इश्क को क्या हम समझे,
जमाना भी नहीं समझ पाया है,
यह जिसने जितना किया,
उतना बस लुभाया है.....

## (65)

वो जो दिल में घर कर रहा है,
दूर होकर वो कहर कर रहा है।

कहने को तो वो दिल में रहता है,
पर अजनबी वो हर चीज पर नजर कर रहा है।

हमें भुलाया है खुद के इन्तजार में,
खामोशी में बहुत अधर कर रहा है।

वो भी खूब कितना है संगदिल,
सारी खबर रख, खुद को बेखबर कर रहा है।

पता है एक दिन मिलेगा अपना बन,
अभी हर दिल में वो सफर कर रहा है।

जिन्दगी पर हक अपना रखने वाला,
दिल के साथ दुआओं में भी घर कर रहा है।

नाम लिख दी हमने भी अपनी चाहत,
जो हमारी नजर को अपनी नजर कर रहा है।

## (66)

प्यार की क्या परिभाषा होती है,
खुद को जो नहीं खुद की खबर होती है,
सारा जहां लगता है यार जैसा,
हर चेहरे में उसकी तलाश होती है...

दिल में बसा कोई दिल को दर्द देता है,
मीठा मीठा दर्द हर पल जहन में रहता है,
बेकरार दिल होकर बस इन्तजार में रहता है,
खुद ही खुद में तन्हा रहता है....

सुबह शाम का होश नहीं रहता है,
हर पल बस एक ही काम होता है,
मिलता है सुकून बस उसके दीदार में,
वो भी बेकरार रहता है...

प्यार की यही परिभाषा होती है,
आईना में दिखती किसी ओर की तस्वीर होती है,
कोई होता है अपना बन परछाई की तरह,
वही खुदा, वही इबादत होती है.....

(67)

अजनबी की तरह मिले,
अजनबी एक दिन हो जाओगे,
कितनी भी कोशिश होगी मेरी,
साथ छोड़ जाओगे...

क्यों लगे हो अपने जैसा,
जब साँसों में नहीं बँध पाओगे,
साँसों में बसाया तुम्हें,
फिर भी कहाँ रूक पाओगे...

आँखों में बसते हो,
आँखों को ही रूलाओगे,
मुझे जरूरत तेरी हर पल की,
तुम एक पल में बिछड़ जाओगे...

जिन्दगी की हकीकत ये,
दिल में बस जाओगे,
मर कर भी तुम शरीर से,
मेरे प्रेम में अमर हो जाओगे.....

## (68)

सफर में हम भी हैं,
सफर में तुम भी हो,
मुलाकात की हकीकत है बाकी,
इंतजार है जहन में बस,
दिल वाली सारी बातें है बाकी...

धड़कते दिलों ने दुआ की है,
थोड़ी दुआओं की हकीकत हैं बाकी,
बस ख्वाबों की हकीकत में,
जिन्दगी की हर बात है बाकी...

साँसों का यह सफर है जिन्दगी,
साँसों का सफर है अभी बाकी,
ना जाने कब रुक जाएँ साँसों का सफर,
इसमें तेरा साथ है बाकी.....

## (69)

मेरी हर किताब में,
सिर्फ तेरी कहानी है।

सूखी पत्तियों पन्नों में,
इश्क की निशानी है।

इश्क आज भी हरा तुमसे मेरा,
आँखों में कैद चेहरा रूमानी है।

शिकायत की जगह नहीं चाहत में,
तेरी चाहत ही बनी जिन्दगानी है।

लकीरें तो लकीरें हैं खुदा जाने,
मुझे साँसों में वफा भरकर मोहब्बत निभानी है।

## (70)

बेचैन हो कर धड़क रहा मेरा दिल,
तुम्हें याद करके,
सुकूं भी आया है,
तुम्हें याद करके...

है धूप बहुत मेरे शहर में,
जला रही तपा करके,
बरस आया है आसमान भी,
तुम्हें याद करके...

देने को कोई सौगात नहीं मेरे पास,
तराशा है खुद को तुमसे प्यार करके,
मुझे पता है तुम नहीं मेरी किस्मत में,
सम्भलना मुश्किल होता है तुम्हें याद करके.....

## (71)

कितावों को जो खोला,
सब कुछ महकने लगा,
बहुत यादों की खूशबू थी,
हर शब्द गुनगुनाने लगा...

किताबों में सूखे गुलाब,
पत्तियों में लिपटा इश्क था,
कुछ पन्नों में नमी थी,
जहाँ मिलन और जुदाई समेटे अश्क था...

ना जाने कितने सपने,
किताबों में बयां करते पन्नें थे,
बस आने वाली जिन्दगी के,
वह हकीकत दिखाते आईने थे...

आज फिर सब याद आ गया,
सब कुछ महकने लगा,
जब पुरानी किताब पर देखा उसका नाम,
उसका हर पन्ना जो मैं पलटने लगा.....

## (72)

क्यों लिखते हो तुम कुछ,
मुझे पढ़ने की कोशिश क्यों नहीं करते,
हर बात को समझ कर भी तुम,
क्यों नहीं तुम हमारी बातों को मान लेते...

इन आँखों में तुम्हारे दीदार की बेकरारी लिखी है,
रातों को जाग कर हर बात लिखी है,
अश्कों को पनाह दी है आँखों ने,
हर अश्क के बदले तुम्हारी मुस्कराहट लिखी है...

होठ खामोश होकर भी सब बयां कर रहे हैं,
हर बयां में तुमसे रजामंदी लिखी है,
खामोशी भी बवाल करती है बहुत,
तुम्हें पाने की जिद लिखी है...

हर साँस में तुम्हारी,
इन्तजार और प्रीत लिखी है,
अपनी साँस को गिरवी रख,
तुम्हारी हर साँस लिखी है...

जहन में तेरे मिलन की,
उम्मीद लिखी है,
और हर उम्मीद में तेरे पास होने की,
दिल की चाहत लिखी है...

बस अब पढ़ लो,
हर दुआ में तेरी फिक्र लिखी है,
ना भी समझो तो गिला नहीं,
प्रेम में, नहीं कोई शिकायत लिखी है.....

(73)

हदों में प्यार कैसे रहे,
जब बेहद किसी से हो जाए,
बहकर वो समन्दर बने,
आँखों का नूर वो हो जाए...

धडकनों का विश्वास वो,
साँसों में जो घुल जाए,
दुआ बन साँसों की हकीकत हो,
धड़कनों की वजह वो बन जाए...

हर तरफ बस सनम हो,
खुदा बन सनम नजर आए,
इबादत की तरह जो बसे जीवन में,
खुशबू से जीवन महक जाए...

हदों के बाहर प्यार,
जीने की कसौटी बन जाए,
मिल जाए जो दुनिया रंगीन,
बिछड़े जो तो बदरंग याद रह जाए.....

## (74)

फिर कोई आया जिन्दगी में, ख्वाब दे गया,
ना मिले ही, चाहत बेहिसाब दे गया,
उसका आना ठंडी हवा की तरह था,
अपने आने से खुशियों की महक दे गया....

मिलने का मीठा इन्तजार दे गया,
खट्टी यादों की सौगात दे गया,
उसे कैसे एक पल में अपना कह दें,
बिना रिश्तें के कसम हजार दे गया.....

नहीं मिले फिर भी जानने लगे उसे,
हर चेहरे में अपनी परछाई दे गया,
लगा जैसे यह वही जिसकी तलाश हमें,
बिना कहे अपनी रजा वो दे गया....

जिसे प्यार मिलता उन्हें शिकायत होती अक्सर,
हमारी नहीं मिलने की शिकायत दूर कर गया,
मोहब्बत है हर किसी की किस्मत में नहीं होती,
हमारी किस्मत में बस मोहब्बत दे गया.....

## (75)

उलझा करता था तेरे ख्यालों में पहले,
अब शिकायतों में उलझा रहता हूँ,
बदला नहीं मैं लेकिन,
प्यार का तरीका बदला है...

परवाह करता पहले भी तेरी,
आज भी परवाह करता हूँ,
बिना कहे और कहकर, का अंतर,
प्यार का तरीका बदला है...

तेरी जरूरत कल थी जितनी,
तेरी जरूरत आज भी है,
जरूरत मेरी कसती तेरी कसौटी पर ,
प्यार का तरीका बदला है...

मैं सब कुछ तेरा था,
आज भी सब तेरा है,
तेरा होकर भी कभी तेरा नहीं शायद,
प्यार का तरीका बदला है.....

## (76)

मिलन तेरा मेरा जो,
हो जाए तो क्या बात हो,
हर साँस में प्यार बस,
हर बात में प्यार हो...

अकेले जीते हैं बेशक,
जिदंगी होगी जो तेरा साथ हो,
आँसुओं में भीगती हैं रातें,
तेरे साथ मुस्कराहटों की सुबह हो...

तुझे माना है हमने खुदा,
हर पल में बस इबादत हो,
रुठे नहीं खुदा मेरा,
प्यार में यह दुआ हो..

प्यार से ही हैं खुशियाँ,
प्यार से रोशन जीवन हो,
मुश्किलें भी जीवन की,
आसान जो प्यार साथ हो...

ना कोई वादा,
ना कोई कसम हो,
एक दूसरे के साथ हम हर जन्म,
दिल अपना जो रजामंद हो..

मिलन तेरा मेरा जो,
हो जाए तो क्या बात हो,
हर साँस में प्यार बस,
हर बात में प्यार हो.....

## (77)

सात जन्म के साथ की,
क्या सात कसम हो,
हर कसम में जुड़े हम दोनों,
साक्षी दिल की धड़कन हो...

पहली कसम सुख दुःख के साथी,
चाहे कैसी भी परिस्थिति हो,
चट्टानों की तरह साथ रहें,
कितनी भी विपरीत स्थिति हो...

दुसरी कसम कुछ नहीं छुपाना,
ऐसा रिश्ता हो,
दर्पण की तरफ साफ दिखाई दे,
ऐसा दोनों का मन हो.....

तीसरी कसम एक दूसरे की पसंद की,
अदला बदली हो,
कभी यह कभी वह,
स्वाद में जिन्दगी हो....

चौथी कसम मान रिश्तों का,
जो मिले विरासत में हो,
साथ रिश्तों का भी रहे,
ऐसा अपना रिश्ता हो....

पाँचवी कसम गृहस्थी का काम,
दोनों साझेदार हो,
एक लगा रहे, एक हुक्म करे,
ऐसी नहीं बात हो...

छठी कसम झगड़ा कभी कभी,
सिर्फ तकिये तक सीमित हो,
भीगे नहीं तकिया लड़ाई में,
बस इसका ख्याल हो...

सातवीं कसम बस विश्वास की,
जिसमें कभी कोई ना शक हो,
कोई तीसरा नहीं आए बीच,
बस विश्वास की डोर बँधी हो...

समर्पण की सारी कसमें,
समर्पण की बात हो,
चार पल की यह जिन्दगी,
हर पल में प्यार हो....

www.ingramcontent.com/pod-product-compliance
Lightning Source LLC
LaVergne TN
LVHW100555051026
849519LV00003B/976